KB060254

청어詩人選 315

겨울 바람 소리

호윤 우인순 시집

도서출판 청어

꿈여울 바람 소리

호윤 우인순 시집

시인의 말

귀촌하여 시골 오니
아는 것이 아무것도 없는 바보였다.
꽃이 좋아 강물이 좋아 숲이 좋아 마냥 행복했으나,
뱀도 모기도 지내도 있어 무서웠다.
벌레에 물리고 언제 다쳤는지 상처 나 있고
풀독 나서 병원 다니며 촌 아줌마가 되었다.

처음엔, 강변에 피는 꽃과 벌레, 나무와 새들,
보이는 것이 너무 많아 손뼉 치며 좋아했으나 이름을 몰라 누구냐 물었고,
개구리는 말없이 경계하며 뛰고, 하얀 왜가리는 거드름 피우며 날았다.
날아가는 새도, 나는 그저 쳐다만 볼뿐 누구인지 몰랐다.
숲에 살며, 바람에 스쳐 가는 인연으로 그들과 친구 되면서, 이름도 알고
부딪치고 사랑하며 이야기가 생겼다.
시골은 길만 나서면, 다 한 폭의 그림이요 시다.
내가 사는 영산강, 즉 꿈여울 강변은 정말 아름답다. 그래서 욕심이 났다.
보이는 것을 한꺼번에 다 쓰고 그려보려 했다.

사람이 사는 것과
시를 쓰는 것도 그러한 것 같았다.
욕심 부리면 안 됨을 알았다.
내가 사는 곳의 이러쿵저러쿵한 이야기들이
아직은 많이 부족하지만,
조금씩 나누어 소개하려고 글을 쓰기 시작했으며,
이 글이 나오기까지 하나님께 감사와 영광을 돌리며,
글을 쓸 수 있도록 많이 격려해 주신 가족과
제 시를 출판해주신 청어출판사 대표님께 감사드린다.

2022년 새해에
호윤 우인순

차례

제2부 담쟁이 화가

제3부 가을 선물 같은 당신

제4부 나 다시 태어난다면

해설

제1부

강변에 앉아

"나는 오직 당신뿐"이라고

달콤하게 속삭이고, 부드럽게 웃으며

당신 생각만으로 덕지덕지 붙은

하얀 그리움 어쩌지 못하고

은빛 굽이치는 강물이 되는 10월 중순

풀의 웃음소리

햇볕 내리는 꽃가람 에움길
바람에 흔들리는
풀의 웃음소리 들어보았는가!

바람 불어와 쓰러질만하면
곁의 풀이 또 곁에 풀을 잡아주며
바람 부는 대로 출렁거리다가
서로 등 기대고 서서 히이잉 웃으면,
햇빛도 좋아라. 그린나래 푸덕이며
풀 위에 앉아 나비잠 잔다

지나는 사람
흙발로 나른 짓밟아 평각으로 누워도
곁의 풀이 또 곁의 풀을 잡아주어
풀은 활짝 웃으며 일어나고
아! 바람 불 때마다
초록 물결 넘실대며 히잉 웃는
풀들 웃음소리 정겹다

에움길: 굽은 길
꽃가람: 꽃이 있는 강
그린나래: 그린 듯이 아름다운 날개

들꽃

나 하나 꽃 핀다고
황량한 들판, 꽃 들판 될까?
나 하나 웃는다고
세상이 다 아름답게 웃을까?

말도 안 되는 소리

아니야! 아니야!
노랑 민들레, 엉겅퀴, 데이지
애기똥풀 개망초
흐드러지게 핀 들판

너도 피고 나도 피어
같이 곱게 꽃 피어야!
꽃동산 되지

봄 들판에서

우리가 이런 모습으로 만난 것도
어떠한 인연인지 모른다

이리 햇살 고운 봄 들판
너와 내가 잡초로 만나
눈여겨 보아주는 이 없고
사람들이 짓밟고 지나쳐도
불평하지 않고 일어서서
열심히 사는 너는 참 멋지구나!

마음껏 꽃 피우고
마음껏 들판 누비며 사는 게
얼마나 감사한 일인가?

꽃바람 불면
연둣빛 물결 출렁거리며
황금 햇볕 속에 걸린 풀 사이로
고운 꽃 활짝 피우며 웃는
노랑 민들레 개망초, 쇠뜨기, 애기똥풀
며느리배꼽 이름 모를 꽃들아

기죽지 마라
너희들이 들판의 주인이다

산책

하루 일 다 마친 해
산 넘는 노을 진, 강변
산책 나온 노부부의
백발이 눈부시게 아름답다

두 손 꼭 잡고
오손도손 이야기하며 걷는 길
시린 햇빛 속 어린 쑥 냉이 달래도
푸른 고개 내밀고
발돋움하여 구경한다

숨이 가쁜 아내 등
떠밀어주는 것 그리도 좋은지
깔깔 웃으며 호 호 호 호
행복의 웃음소리 종달새보다 곱다

걷다가 힘들면 벤치에 앉아
등 토닥이면, 강물도 좋아라! 춤추고
들고 온 뜨거운 커피 마주 들면
깊게 팬 얼굴의 주름살도
꽃처럼 곱게 피어난다

영산강 저녁 강물

저녁, 들녘 논길 따라
길 걸어가면
마른 갈대 잎들
서로 부딪히며 서걱이고
노을 품은 강물이 따사로이 웃는다

제 몸 위에 낙엽 하나 태우고
빨리 가려고 밀지도 않으며
강물과 강물의 손 잡고 천천히 간다

푸드덕 풀숲에 자러 온 새들
조용히 몸 눕히면
문득 뒤돌아본 저편 하늘
노을이 빨갛게 예쁘다

별이 하나, 둘 나오면
강물에 하나, 둘, 별이 뜨고
바람 불면 둥둥 춤추는 억새 풀
강물도 신이 나서 춤을 춘다

영산강 억새

영산강 굽이치는 억새꽃
바람 불 때마다 하얀 솜털
색 바꾸어 바람에 일렁인다

“나는 오직 당신뿐”이라고
달콤하게 속삭이고, 부드럽게 웃으며
당신 생각만으로 덕지덕지 붙은
하얀 그리움 어쩌지 못하고
은빛 굽이치는 강물이 되는 10월 중순

한 번만이라도 보아 달라고
홀로 서서 몸부림치며
손 흔들어 대는
석양에 나부끼는 억새꽃들
하얀 물결 흘러, 흘러
영산강 강물 위
꽃이 되어 흐른다

노을

해 같은 우리 어머니
할 일 다 마치고 하늘 집 가려고
산 넘고 계신다

넘어야 할 산 아래
시계를 보며
"아가! 너의 고마움, 잊지 않으마"
"아버지 온다네"
손잡고 돌아갈 임 기다리며
날짜만 세고 있다

강 건너 노을은 붉게
하늘 가득 아름다운데
물새 한 마리 우두커니 앉아
강물 바라보며
꺼 억 꺽 운다

소통

떼로 몰려다니며
끼룩끼룩 끼룩
겨울새 소리 시끄럽다
눈이 오려나?

새도
말하고 싶은 게 있어
큰 소리로 외치는 것 같아
묻고 싶으나
나는 새를 부를 언어가 없다

그도 나처럼 소통이 안 돼 그러는구나!
안타까운 마음

눈 내리는 날

하늘 문 열어
눈 펄펄 내리는 날
그리움도 가슴 열어
보고픈 마음 펄펄 내린다

눈이 오면
책갈피에 곱게 말려놓은
추억들이 눈 뜨고 걸어 나와
눈꽃이 되어 펄펄 날리며
"잘살고 있는 거지?"

나는 여기서
너는 네가 사는 거기서
눈 내리는 하늘 보며
안부를 묻는다

강변에 앉아

찬바람 씽씽 불어대도
작은 새 종종걸음으로 보채도
강가에 앉아
“이 추운 날이 언제 끝나는 거야”
돌멩이 툭 툭 던져도, 강물은 침묵이더니

2월 되니 쩡쩡 뚜 둥~ 딱
얼음 깨지며 물이 올라온다
“아직은 덜 추운 거야”
견디고 기다리면
봄 오고 꽃 피겠지

바람도 휭 날아와
겨울은 겨울다워야 겨울이고
너는 너다워야, 너인 것처럼
나도 이리 날아야 바람인 거야
하늘 높이 오른다

흑두루미

추운 겨울
영산강물 소리 없이 흐르고
순천만으로 날아가는 흑두루미
무리 지어 푸드덕 푸드덕
코끝 찡하게 먹을 걸 찾다가
강변 텅 빈, 겨울 논에 앉아 쉬는 시간

산책 나온 아주머니들
핸드폰 들고 달려온다

도망가듯 일제히 날아오르는
흑두루미 소리
뚜룩 뚜루르륵 뚝 뚝

집 없는 철새
힘들다

눈

저렇게 펄펄 내리는 눈은
노을 속에 웃던 토끼 구름 아닌가!

찬 겨울바람에 시금치 상추 무
감기 들까 봐
하얀 솜털 이불 덮어주는 눈은
잠든 내가 추울까 걱정되어
이불 덮어주는 어머님 같다

추워 못 나가는 내가 걱정돼
괜찮은 거냐 묻는 당신
굽이굽이 흐르는 영산강 강물
법성포 하얀 파도는
펑펑 쏟아지는 눈이 되었나 보다

그리워하는 모든 이들이 다 날개 달고
눈이 되어 날릴 듯 꺼질 듯 내려오면,
하얗게 덮인 눈길
끝없이 달리고 싶다

영산강의 밤

어둠 내린
영산강 강변 길

푸르고 너른 평야
까맣게 누워 잠들고
강 건너, 산
어둑어둑 눌러앉아 굽어본다

강물은 달빛 아래 흔들리고
여기저기 풀벌레 울음소리
이제 막 푸릇푸릇 올라온
풀잎 핥는 바람 소리

어둠 내린 강물 위
산이 내려오고
마을 불빛 내려와 흔들리고
별들 반짝이는 밤
강물은 가야 할 길이 있다고
홀로 흐른다

강아지풀꽃

7월 영산강 강변
강아지와 산책하러 가는 길
초록 이삭 강아지풀꽃
바람에 살랑살랑 꼬리 춤춘다

행복이, 누렁이도
풀꽃에 코 들이대고 킁킁
찔끔 오줌 누고 멍 멍 멍
꼬리 치면
강아지
풀꽃도 살랑살랑 꼬리 친다

강아지들 신나서
발장난하며 으르렁으르렁
풀꽃 위로 뒹굴뒹굴

강아지풀꽃 꺾어
행복이 얼굴에 흔들거리면
간지러워 도망가는 강변 길

누렁이도 쫓아 힘차게 달리면
행복 이는 더 빨리 달리고
강물 위, 해님도 좋아라!
함께 달린다

촌 아줌마

촌 아줌마가 따로 있나!
시골 살면 촌 아줌마지
풀 베고, 땅 파고 감자 심고
땀범벅 된 얼굴
풀씨 묻고 흙 묻은
나는 촌 아줌마

고무줄 바지에 면티
모자 하나면
못 가는 곳이 없다

뜨거운 햇빛
까맣게 탄 얼굴로 들길 걸으면
들꽃, 풀, 강물, 새들까지
이름을 아는 나는 촌 아줌마

노을이 지면 나도 들꽃이 되어
바람에 흔들리며 웃는다

핸드폰

핸드폰을 바꾸었더니
익숙지 않아 불편하고
어색하다

처음 만난 당신처럼
좋기는 한데
아는 게 없어
서툴고 잘해주지 못하네!

우리 잘 사귀어 봅시다
어여쁜 당신

미안해 그리고 고마워

이른 봄
땀 뻘뻘 흘리며, 하얀 강낭콩 심고
날마다 물주며 들여다본다

다들, 콩 주머니 생겼구먼
딱 세 그루, 줄기만 쑥쑥 뻗고 자란다
칭칭 옥수수 가지에 매달려 올라간다

칠월 되니
"더워 죽을 것 같아요 물 좀 주세요!"
"다른 콩 나무, 콩 다 따고 뽑았는데
넌 뭐야 콩도 안 열리고 물은 무슨"
"옆집 똘이 일등 했는데 넌 뭐야
간식은 무슨" 하던 영희 엄마같이

여름 내내 못 본 체했다

가을 되니
콩 넝쿨 무성하게 얽히고 설켰다
들여다보니 콩이 다닥다닥
줄기마다 주렁주렁
달려, 웃고 있다

가을 선물이구나!
미안해 그리고 고마워

제2부

담쟁이 화가

가을이 오면
담쟁이의 신나는 물감 장난
빨간 물감 토 독, 토 독 쓰윽 쓱
가을 벽화 아름답다

매미

맴 맴 맴
시끄럽다 화내지 말라
매미가 울어야 여름이다

오랜 세월 어둠 속
굼벵이로 지내다 날개 달았다
신혼의 달콤한 꿈꾸면서
그도 한 번쯤 사랑을 위해
뜨겁고 애절하게
울어야 쳐다보지 않을까?
매미도 여름 한 철이다

정치 매미들이 시끄럽게
여기저기 다니며
뜨겁게 표 한 표에 목숨 걸고
애절한 목소리로 사람들에게 외친다
그도 한때이다

맴 맴 맴 도시의 빌딩 숲
나무마다 캠프치고
여름 매미들이 운다
남의 소리 귀 막고
자기 소리만 높여 맴맴 운다

달빛

달빛 쏟아지는 호수에 앉아
너를 생각하니
바람에 일렁이는 물결마다 조잘조잘
은빛 지느러미 반짝이며 웃는, 저편
너의 웃음소리가 들린다

너도 나처럼
늦은 밤 달빛에 젖어
내 생각 하나 보다

아! 눈부신 달빛 부서지는 소리
너의 하얀 웃음소리가 들린다!

돋보기

내 사랑이 안 보여서
너는 내가
무슨 생각 하는지 안 보이고
무슨 말 하는지 안 들려
온종일 티격태격 짜증을 낸다

남들은 다 잘 보이는 나의 사랑
너만 안 보이는 날
사랑의 돋보기를 써야겠다

친구야 가을 선물이야
아주 잘 보이는
사랑의 돋보기를 씌워줄게
그래도 내 소리 안 들리면
사랑의 보청기도 선물할게

이 가을엔 오손도손
가을 길을 걸어보자

직박구리

수다쟁이 직박구리
사월, 키 큰 은행나무 꼭대기로 올라가
찌이이이익 삐이이익

살금살금 감자밭으로 내려와
콕콕 찍어 맛보고
찌이이이익 삐이익
친구 불러서 같이 먹는다

먹다가 주인아주머니한테 걸리자
감자 꼭 움켜 안고
푸드득 푸드득 나르샤

"야 거기 못 서 죽여 버릴 거야"
아주머니가 화나서 발 동동

왕치(암놈 방아깨비)

어릴 적 마을 어귀
덩치 작은 수놈
잡으려면 따따따 날아가고
덩치 큰 암놈 행동 느려
긴 뒷다리가 잡혔다

친구와
방아깨비 뒷다리 하나씩 붙잡고
끄떡끄떡

구경하는 아이들 손뼉 치고
디딜방아 쿵더쿵 쿵 떡~ 쿵 쿵 더덕
오래 찧는 쪽이 이긴다

"아이고 내 팔자야 크다고 좋은 게 아니네
이 나쁜 놈들,
너도 한번 해보아라"
기진맥진한 왕치가 쓰러졌다

봄 오일장

봄, 오일장 날
화장기 없이 농사일만 하던 아주머니들
연지곤지 찍고 패션쇼 하는 날
팔랑팔랑 아주머니들 치맛자락에
봄바람이 분다

천 원에 한 바구니 가득 봄을 사고
만 원에 물미역, 새우, 굴, 바다를 사고
올망졸망 비닐봉지 가득 든 행복 들고
시끌벅적한 포장마차에 서서
호떡 한 개씩 먹으며 싱글벙글
"오늘은 내가 쏜다
형님들, 뜨끈한 오뎅 국물 매운 떡볶이로
가슴까지 따끈하게" 하면 "다음 장은 내가 쏜다!"
주거니 받거니 정이 오가는 날이다

장터 가득 봄꽃이 웃고
알록달록 여자 옷들이 바람에 흔들거리면
아주머니들 옷 고르다가
뻥튀기 아저씨의 "뻥이요" 소리에
모두 귀 막으며 조용

향긋한 강냉이가 우르르 우르르
아주머니들 웃음이 하얗게 튀겨져서 나오고
행복도 뻥튀기되어 쏟아져 나온다

할매 마실

이른 봄 찬바람 부는 날
쭈글쭈글한 감자 눈 잘라
감자 심는다
“아따 허벌나게 일해
내 자식은 힘든 일 안 시쿠라우”

쩔뚝쩔뚝
“아이고 이놈의 허리야”
다리 끌며 농사지어 참깨 털 듯
한평생 자슥에게 탈탈 털어주고
장날 짐 보따리 질질 끌며 버스에 오른다

“아따 성갑네! 눈구녘을 언디 두고 댕기오
모탱이에 둥글면 우짜스까”
“아이고 할매들! 아들 없소 사가 택배 한 상자
장날 오지 말고 부쳐 주라하오”
버스 기사는 소리치고
자슥 생각에
핸드폰만 만지작거리며
할매들은 자오르다

전라남도 사투리 해설

우짜스까: 어쩌면 좋아, 어떡해

할매: 할머니

시쿠라우: "시키다"의 사투리 "시쿠다"에서 온 말

성갑네: "성가시다"라는 말에서 온 사투리로 "성가시롭다", "성갑다", "성갓다"에서 온 말

허벌나게: 비표준어로 "굉장하게", "심하게"라는 뜻이 있음

사가: 사과

눈구녁: 눈

모탱이: 모퉁이

자슥: 자식

자오르다: 잠을 자려 하지 않으나 저절로 잠이 드는, "졸다"의 방언

검정콩 소리

이른 봄

할머니 툇마루에 앉아

돋보기 쓰고 콩 고른다

"오늘 저녁은 콩국수 해 먹을까?

검정콩 콩물이 제격이지

벌레 먹은 콩은 빼서 소나 먹이자"

콩들이, 숨죽였다

벌레 먹은 콩은 바가지에 뒤뚱뒤뚱

병든 콩은 금 간 공기에 되똑되똑

생생한 콩은 대바구니에 또르르 똑똑

담쟁이 화가

봄날
담벼락에 둥지 틀은 어린 담쟁이
꼬불꼬불 실 그림 그린다

다닥다닥 붙어
벽 타고 오르는 작은 줄기들
연둣빛 작은 희망 칠하며
초록 물감 쓱쓱 덧칠하여 만든
푸르디푸른 담쟁이의 오월의 함성

손에 손, 잡고
담장 너머 기어오르면
할매 바람 귀엽다 어루만지고
푸른 잎 좋아라, 흔들, 흔들

가을이 오면
담쟁이의 신나는 물감 장난
빨간 물감 토 독, 토 독 쓰윽 쓱
가을 벽화 아름답다

단비

오랫동안 가물던 땅
기다리던 비가 왔다
우르릉 쾅 큰소리치며
주룩주룩 쏴아악

딱딱하게 갈라진 대지는
스펀지처럼 빗물을
벌떡벌떡 마시고

땅이 물을 빨아 먹는 건지
물이 흙을 침투하는 건지
빠르게 빗물이 땅속으로 들어가고 있다
아니 서로를 받아들여
가슴이 촉촉해지고 있다

흙냄새가 난다
뜨거운 대지의 열기가 한바탕
뜨거운 목축임으로 사라진 것일까?
숲속 나무들도 잡초도
싱그러운 잎을 흔든다

고구마

크고 예쁜 건
고라니가 반쯤 잘라먹고
가지런하고 예쁜 건
내가 사랑하는 사람들 주고

작고, 흠집 나고
울퉁불퉁, 머리통만 한 건
내가 구워 먹고 쪄먹고

추운 겨울밤, 당신과 내가
뜨거워 호호 불며 먹는
노란 고구마 속살이, 달보드레하다

달보드레하다: 연하고 달콤하다, 부드러움

촌 아줌마 미장원 가다

어떤 머리로 할까요?
예전하고 똑같이
싹둑싹둑 조금 정리할 게요
여름은 너무 더워, 파도가 좋더라고요
앞머리는 반만 말아 물결치듯 파도 머리하고
뒷머리는 시원하게 다듬어 커피색 염색, 갈피, 갈피에
일렁이는 낙엽 무늬, 잔잔히 꽃 핀 듯 말아
올가을 유행할 "낙엽 꽃" 머리로 하지요

나는 아무 생각 없이
머리에 파마 캡 쓰고 커피 마시며
미장원 온 여자들과 킬킬 웃다가
"머리 감아야지요" 말에 일어났다

젖은 머리 닦으며 거울 보니
낯선 여자가 있다 "누구세요"
앞머리 파도가 거세게 출렁거리고
옆머리는 뽀글뽀글 라면 아닌가!
"아이고 이를 어쩌나!"

집에 오니 반려자 하는 말
“아니 당신 머리가 왜 이러나?
라면을 엎어 놓았나!”

가을 이별

빛바랜 가을 낙엽
바람에
뒹굴뒹굴 구르다,
골목길 모퉁이에 모여
부스럭부스럭
세상 사는 이야기하고

집 앞 입구
찬 서리 맞고 활짝 핀 국화
아름다운데
탱자나무 담장 너머
지는 해가 웃고 있다

날은 점점 저물고
날던 새도, 일 나갔던 사람들도
집으로 돌아오는 시간
저물 어서 해 진 하늘이 빨갛게 곱다
떠나간 후에도
아름다운 풍경이면 얼마나 좋을까

꽃

누가 저 꽃을 보면
아프고 시린 겨울이 있었음을 알까
저리 환하고 곱게 웃는 것을

팝콘 알 터지듯 툭툭
알알이 터지는
기쁨이 있으리라는 것을
꽃은 알았을까

모든 순간이 꽃인 것을
춥고 시린 시절, 사랑했던 시간도
열심히 달리며 하던 일들도
때가 되면
툭툭 터지며 피어날 꽃인 것을

힘들다 절망하며 울고 있는 내 아띠야!
세상에 피지 않는 꽃은 없단다
우리 멋지게
온 누리 눈부시게 꽃 피워보자

봄까치꽃

추운 겨울
너는
골고다 언덕
오르는 메시아 되어
봄의 깃발 올리네

들판 양지에 초롱초롱 눈뜨고
제일 먼저 봄소식 전하는 너는
큰 소리로 부르면 부끄러워
얼굴이 더 작아지네

누가 밤하늘에 옮겨 놨을까
수없이 반짝이는 작은 별들은
가슴 설레는 별꽃이 된다

작지만 시들지 않는 꽃이여
꽃잎 떨구어
초록 잎사귀 흔들리면
봄 문 열어주는 등불로
환히 밝기만 하구나

동백꽃 이야기

오지 않는 임 향해
잘 있는 거냐고
아이처럼 그침 없이 일렁일렁
마음 흔들리며 피멍 들어 울던 세월
찬바람 눈 속에서도
빨갛게 피어나는 동백꽃

임 위해서라면
천년이 가도 아까울 리 없어

동박새 날갯짓에도 혹여 임인가?
빨갛게 꽃 피우며 임 그리다
붉은 꽃송이들
후드득후드득 떨어뜨리며
잘 있냐고 목 놓아 우는 봄

혹여 내 임은 오실까?

채송화 닮은 송엽국

나주 영상 테마파크에 가보셨어요
삼한지 테마파크에 나온
송일국이 아녜요
채송화 닮은
햇볕 좋아하는 송엽국이에요
오 월 오 일 장날
할머니가 데리고 와 꽃밭에 심었지요
물 좋아하는 걸 어찌 아셨는지
날마다 물 주고 들여다보네요
쑥쑥 잎이 자라고 꽃 피었어요

찾아온 사람들 눈이 동그래졌네요
"우아! 꽃이 너무 예뻐"

바람이 다독다독
송엽국이 활짝 웃어요

참깨꽃

하늘 종달새
지지지 베베 우는 오월
어머니는 굽은 허리 엎드려
땀 뻘뻘 흘리고 깨 심는다

아침마다 들여다보며
새를 쫓으며 풀 뽑고 계신다

여보시게, 아짐
우리 밭에 참깨꽃이 폈어라우
어머니는 깔깔 웃는다

어머님 안 계시니
주인 없는 밭에
참깨 꽃만 하얗게 피어 웃고 있다

아짐: 아주머니의 전라남도 사투리
폈어라우: 피었어요 사투리

하늘타리꽃

어머니 안 계신
고향 집 담 너머
하늘타리 가득 피어, 나를 반긴다

지붕까지 치렁치렁
흰머리 풀어헤치고
밤에만 꽃 피는 하늘타리꽃
얽히고설킨 실타래 풀고 있다

보릿고개 시절
하늘수박 한입 물고
죽죽 물 빨며 웃던 사람들
모두 하늘길 떠나시고
텅 빈 집
하늘타리만 치렁치렁
하얀 머리 풀어 헤치고 집 지킨다

꽃무릇 전설(cluster amaryllis)

가을 불갑사
빨간 꽃물결 바람에 일렁이면
불공 끝낸 여인
사찰 마당, 나무 아래 비에 젖어
서 있는 모습
꽃물결 속에 아른거린다

젊은 스님 한눈에 반해
식음 전폐하고 누워
피 토하고 죽은 사랑의 환생인가?

9월이 되면 불갑사에는
날마다 그리움으로 길어진
긴 꽃줄기에서 피 토한 듯
온통 붉은 울음으로 핏빛이다
기다려 보지 않은 사람은 모른다
그것이 얼마나 아픈 일인지

오늘도 밤새워 여인 기다리는
스님의 애달픈 마음, 꽃무릇 되어
선홍색 꽃으로 우르르 피어난다

연모하다: 이성을 사랑하여 간절히 기다리다

민들레 영토

봄바람이 휘리릭
민들레 솜털 공 스치면

깃털 씨앗들
일제히 낙하산 펼치고
바람길 따라 훨훨 나른다
산 넘고 바다 건너 먼 이국땅까지

누가 민들레를 집 없는 방랑자라 했던가!
낮은 자세로 엎드리고 짓밟히면서
날마다 넓히는 민들레 영토
화성까지 깃발 꽂는 날 오겠구나

추운 겨울, 잠만 자는 잠꾸러기
봄이 되면 들판 가득
노란 웃음 까르르 웃는다

민들레

오월 시골 버스정류장
엎드리고 밟히면서도
민들레꽃 활짝 피었다

삽살개도 좋아서 팔짝팔짝
아주머니들도
민들레 많다고 덩실덩실
바구니 들고 가위로 싹둑싹둑
호미로 후벼 파며
뿌리째 뽑으며 웃는다

민들레 소리친다
내 꿈이 깨어졌어요
“엎드려 밟히면서도
꽃씨 되어
멀리멀리 날아갈 꿈”

백화 등꽃

6월 고향 집 담 너머
홀로 집 지키며
잔잔히 속삭이는 백화 등꽃

허기진 줄 모르시고
온종일 콩밭 매시다
오늘 올까 내일 올까?
문 기대어 자식 기다리시는
내 어머니 같이
내가 문 열면 하얗게 웃는다

어머님 하늘 간 지 오래인데
집안 가득 백화 등꽃 활짝 피어
진한 재스민향이 난다
어머니 냄새가 난다

제3부

가을 선물 같은 당신

내가 보고 싶은 사람들이
언제 올지 안다면
얼마나 좋을까?

나는 기다린다
언젠가 올 당신을

공갈빵 딸기꽃(뱀딸기)

집안 비탈진 언덕 풀 뽑기 싫어
풀 자리에 노란 꽃, 뱀딸기 심었다

오가는 사람마다
"골칫덩어리 빨리 뽑아 버리시게
초보 농부 겁도 없이
아무나 집에 들이다니" 소리쳤다

이듬해
노란 꽃이 예쁘게 더 많이 피고
빨간 열매도 열려 신이 났다

다음 해 뱀딸기는 나무처럼 변했다
다른 꽃들 번식할 기회도 없이
땅 위를 기어가는 줄기 뻗고
줄기 마디마다 뿌리내려
순식간에 내 정원 통째로 꿀꺽 삼켰다

뽑으려면 가시가 찔러
손과 팔이 상처투성이 피가 났다
“아무나 집안에 들여놓는 것이 아닌데…”
“이놈의 괴물 공갈빵 딸기 없애버려야지”

고백

맑고 고운 햇살
한 줌씩 나누어주는 해님처럼
세상 모두에게 따뜻한 사람이 되게 하소서

그리스도 안에 향기 나는 들꽃처럼
하얗게 웃게 하소서
나의 하루가 당신 때문에
감사와 기쁨이 넘치는 하루이며
만나는 사람마다 축복으로 이어집니다

당신 때문에 다람쥐 쳇바퀴처럼
돌고 도는 인생이지만
절망 속에서도, 천둥번개 속에서도
당신 목소리가 들리고 사랑이 있어
날마다 새롭게 태어납니다

주님 당신을 만난 것은
내 생에 커다란 축복입니다

버스정류장

시골 정류장에서
버스 기다린다

버스 기다리듯
봄 정류장에서
공들여 가꾼 꽃나무
꽃 피기 기다리고
보고픈 이를 기다린다

오는 시간이 일정한 버스는
시계를 보면
언제 올지 나는 안다

내가 보고 싶은 사람들이
언제 올지 안다면
얼마나 좋을까?

나는 기다린다
언젠가 올 당신을

산다는 것

산다는 것은
촛불 하나 피우는 일인지도 모른다

바람 불면 흔들리는 촛불이 되어 보기도 하고
어느 친구 생일 파티에 환하게 불 켜보는
촛불이기도 하다

산다는 것은
촛불 하나 피워보는 일이다
설레는 꿈의 보따리
천천히 펼쳐보는 시간처럼
떨리는 마음으로 촛불 밝히다가
몇 번이고 꺼지고 쓰러진 촛대
꼬옥 부여잡고, 또랑거리며
다시 촛불 하나 밝혀 웃는 일이다

또랑거리다: 눈동자 따위를 아주 또렷하고 똑똑하게 움직거리다.

그럼 그럼요

솔바람 달려와
웃으며 살아야지 말하는 아침
둥근 해가 눈부시게 웃으며
그럼 그럼요

책 속의
한 페이지처럼
펼쳐볼 때마다
예쁘게 웃으며 살아야지

그럼 그럼요
살아가면서 좋은 풍경이 되고
아름다운 그림이 되는
그런 사람이 되어 웃으며 살아야지

바람

세상이
좋은 일로 기뻐해 주고
사랑하고 칭찬하는 시간으로
시끄럽고, 향기 나고
아름답게 꽃 피웠으면 얼마나 좋을까?

목마른 대지에 촉촉이 비 내리듯
서로의 타는 목 축여주며
어두운 밤 별들이 불 밝혀
찬란하게 빛나는 일로 바쁘듯이
사람과 사람이 서로 기대어 비비며
꽃처럼 아름답게 산다면

우리가 사는 세상이
사랑하고 나누며 축복하는 일로
얼마나 시끄럽고 행복할까?

가까이 다가가고 싶었지만

가까이 다가가고 싶었지만
갈 수가 없었다
화만 내는 당신, 너무 무서워
무안당할까 봐

가까이 다가가고 싶었지만
갈 수가 없었다
커피 한 잔에, 이런저런 이야기
낄낄 웃으며 하고 싶었지만
큰소리칠까 봐 덜커덩 겁이 나서
눈치만 보았다

아시나요, 이런 기분!
더는 자신이 없어, 그렁그렁 눈물 머금고
돌아서는 마음

가을 선물 같은 당신

가을풍경처럼
보기만 해도 아름다워
한 발 두 발
당신에게로 걸어가며
당신 향기에 젖어본다

황금 햇살 넉넉한 사랑으로
부드럽게 보듬어주는 당신
스치기만 해도 행복하고 힘이 나서
자꾸만 보고 싶어지는 내 마음

옆에만 가도 콧노래가 나오고
기분이 좋은 당신은
신이 내게 주신 선물입니다

찌그러진 함석담

추운 겨울 달동네 사람들이
찌그러진 함석담 밑에 웅크리고 앉아
버스 기다린다

쓰러져가는 담이 저들에게
무슨 도움이 될까 싶었네

어느 추운 겨울날
찬바람이 쌩쌩 불어와
담벼락 밑에 서니 따스했네!

나는 누군가에게
허름한 담이라도 되어준 적 있는가?
누군가에게 따뜻한 담이 되고 싶다
그 언젠가 나도

크리스마스엔

크리스마스엔 누군가
산타클로스 되어
헐벗고 힘든 친구에게
옷을 선물하고 빵을 나누며
잊어버린 캐럴을 찾아 주고
잊어버린 아기 예수를 찾아 주었으면 한다

그 누군가가 너였으면, 나여도 좋다

초코파이 하나 먹으려고 갔던 교회
다시 한번 종소리 들으며
목 터지라 찬양하다
하나님을 만났던 그 시간으로
돌아갔으면 얼마나 좋을까

크리스마스엔
그 누군가가 잊어버린 산타가 되어
얼어붙은 마음에 사랑의 불 피워
이 겨울을 따사로이 보냈으면
나도 좋고 너도 좋으련만

숟가락 얹기

너 먹는 상에
수저 하나 달랑 얹고 산다고 하는
내 아띠야!

그 게, 예그리나
얼마나 어려운 일인데
그냥 먹어도 되는 밥
시나브로 신경 써야 한다는 걸
정말 모르는가!

수저 하나 얹고 사는
그 한 입이
참 무섭고도 힘든 일일세

그리 말고 감사하세
나도 우리 부모님께 수십 년
수저 하나 얹고 살았지만
늘 감사하며 살았네

예그리나: 사랑하는 우리 사이
아띠야: 친구야
시나브로: 모르는 사이 조금씩 조금씩

4월의 소망

4월에는
따스한 햇볕 가득
너와 나의 사랑이 듬뿍
세상에 내렸으면 한다

4월에는
코로나로 인한 고통도 슬픔도 잊고
꽃 무더기 속에서 행복 꿈꾸며
삭막한 사막의 한가운데 있을지라도
너와 나는 세상을 푸르게 하고
꽃 피울 수 있기를
내가 사랑하는 사람들이 모두 다
건강하고 즐거운 노래를 불렀으면
얼마나 좋을까

4월에는

가지가지 꽃들이 크기와 모양

색과 향이 달라도

서로 어우러져 아름다운 것처럼

너와 나의 사는 곳이 다르고

생각과 목소리와 색깔이 달라도

그것으로 미워하지 않기를

4월에는 서로 어우러져서 사랑하며

나누고 보듬어주는

아름다운 세상 만들기를 소망한다

하나님 왜 그러셨나요?

한 차례 쏟아지는
소낙비였으면 얼마나 좋을까?
긴 장마
산에 돌이 내려오고
농작물, 집이, 가재도구가
물에 잠겨 떠내려간다

왜 왜 그러신 거냐고 따지고 싶다
잠겨버린 방처럼
외국어로 쓰인 꼬부랑글씨 책처럼
보아도 알 수가 없는 당신 마음

당신 때문에
한 가난한, 한 사람의 꿈이 물거품 된 걸

장맛비만 그런 건 아니다.
살다가 이유 없이 다가오는 인생의 쓰나미
눈앞에 펼쳐진 아픈 상처의 파편들이
의문을 품으며 묻고 또 물어도
답이 없는 당신

하나님! 왜 그러신 거냐고요

물어봐도 말이 없는 당신

마음 비우고, 기다릴게요

부디 축복하여 주소서

지나간 아픔이 다 감사하도록

내 인생에 봄이 오면

춥고 황량한 겨울
살짝 손에 쥐어주던 당신의
따끈한 붕어빵 한 봉지
잊지 않겠습니다

온 산이 꽃으로 만발한
봄꽃만 아름다운 게 아니라
헐벗은 겨울 산에도
가지마다 하얗게 꽃 피워 빛나고
눈 속에서도 빨갛게 피어나는 꽃이 있어
아름다웠노라고 말하렵니다

내 인생의 봄이 오면
새들의 노랫소리 연분홍 꽃 잔치 보다
빛바랜 나뭇잎들이 모여
간절히 울부짖으며 기도하는 소리,
강가에 모인 갈대들의 하소연과
몸과 마음이 지친 서로에게
따사로이 껴안고 베풀던 사랑
잊지 않겠노라 말하렵니다

내 인생의 봄날이 오면
따끈한 차 한 잔과 낭만이
그냥, 그냥 쉽게
얻은 게 아니었노라 말하렵니다

숲

숲은 멋진 그림책
한 페이지 넘길 때마다
초록 잎 팔랑팔랑 잘했다 칭찬하고
사랑과 감사로 기도하는 나무

뻐꾸기 소쩍새 까치의 노랫소리
조잘조잘 속삭이는 계곡물의 이야기
고운 햇살 움켜쥐고
깔깔 웃는 들꽃들의 하얀 웃음

바람 불 때마다 향긋한
초록의 합창으로 울리는 숲은
한 권의 멋진 그림책이다

하나님 일 하시는 시간

안개 자욱한 길
갑자기 차 앞이 안 보인다
도시가 안개 속에 갇혀
돌아갈 수도, 주저앉을 수도 없는 날
성질 급한 뒤차가 빵빵거린다

갑자기 모든 게 안보이고
길이 막혀 인간이 할 수 있는 게
아무것도 없는 날
그때는, 하나님 일 하시는 시간
기도하며 기다리자
보이는 만큼씩만
뚜벅뚜벅 가는 거다

사람과 사람, 길과 길, 시간과 시간
그리고 너와 나 사이에도 길이 있어
가다가 안 보이면 조용히 기다리자
그때는 하나님이 일하시는 시간

희미하게 흔들리는 빛을 더듬으며
쉬엄쉬엄 보여주는 그것만큼만 가자

내 삶은

삶이 매일
눈부신 햇살이면 얼마나 좋을까?

살다 보면 흐리기도 하고
찬바람 불다, 비 오고 눈도 오고
햇볕도 난다

삶은 변덕쟁이라
퇴근길 걷는 걸음마다
어둠이 칭칭 감아
세상이 다 내 편이 아닌 날

웃는 당신이 있어
쭉 처진 어깨 다시 펴며
힘차게 걷는다

내 사랑, 당신이 웃으면
내 삶은 늘 향긋한 봄날이다

3월

소소리 바람 밀어내고
남풍으로 문 여는 3월
시린 바람이 스친다

얼음 풀린 논둑길
냉이 달래 꽃다지 솟아올라
"성님, 된장국엔 냉이가 최고예요"
아짐이 나물 캐며 웃고 있다

흙 밑에 쪼그리고 앉아
살아 보아야겠다고 두런두런
겨울 이겨낸 씨앗들의 힘찬 소리는
삼일절 유관순 언니 만세 소리 같다
어찌 그날을 잊기야 했으랴만
하마 어느새 산 너머 뜸부기는
슬픈 그 날의 눈물, 줍고 있다

아이야! 툭 툭 털고 일어나자
봄 햇살이 곱구나!

성님: 형님
아짐: 아주머니

사람과 사람 사이

사람이 잘나면 얼마나 잘났고
못 나면 얼마나 못났으랴
장미 백합 아름다우면 얼마나 예쁜가!
그저 한 철 꽃피고 지는걸!

꽃도 잘 크려면 간격이 필요하듯
사람과 사람 사이도 간격과 온도가 필요하다
사람은 저마다 혼자 가꾸고 꿈꾸는 세상이 있다
떨어져 비어있는 그 사람의 여백을
따스하고 아름답게 보아주어야 한다
그의 모습에 햇빛 들어 색이 곱게 물들고
아름답게 꽃 피울 수 있도록
서로의 따스한 체온을 느끼며 바라보아야 함을

숲에 풀들은 서로 기대고 살지만
소유하지 않으며 존중하고, 서로 거름 되어주며
작은 풀 큰 풀 등에, 큰 풀 작은 풀 등에 기대어
태풍도 불볕더위도 이기고 산다

사람은 사람 속에 서로의 가슴을 주고
함께 바라보며 아끼고 사랑하며 사는 거다
결코 소유하려 않고, 자기 목소리만 고집하지 않으며
숲의 나무와 풀, 새처럼 우리도
각자의 목소리로 존중하고 간격 지키며
현악기의 줄들이 같은 음을 내면서 혼자이듯
서로 홀로이게 하며 화음 맞추어
좋은 합창 연주하는 숲이 되고 싶다

걸음마

아기가 띠뚱 띠뚱
방안에서
발자국을 떼고 있다

한 발, 두 발
넘어지면 또 일어나 걷는 아기의 걸음마
얼마나 두렵고 설레는 순간인가!

꿈을 꾸는 삶도 그러하다
꿈꾸는 순간부터
목표 향해 걷는 첫걸음
얼마나 가슴 떨리고 설레겠는가!

넘어지고 다시 일어서면서 견고해지는
아기 걸음마처럼
많이 쓰러지고 많이 울어야
성공하는 삶의 걸음마

나는 또 얼마나 넘어지며 걸어야 하나

마음을 안다는 것이

밭에 앉아 땡볕 햇살 아래
풀 뽑고, 씨앗 뿌려 농사 지으며
어머님 마음 알았다

사람의 마음을 안다는 것이
같은 자리에 앉아 보아야 하는 것을
나는 늘 내 자리에서
남을 보고 평가하고 이해하며
다 안다고 생각했다

아이 키우면서
참 좋은 엄마 같았는데
한 번도 아이 자리에서
대한 게 아니라
내 자리에서 내 눈으로 보며 소리쳤다

사람의 마음을 안다는 것이
그 사람이 되어 보아야 함을

너는 좋겠다

꿈이 있는 너는
참 좋겠다
그것이 사는 이유가 되니까

사랑하는 이가 있는 사람은
그와 함께 있고 싶다는 작은 꿈이
그를 바쁘게 한다
그것이 춥고 힘든 겨울에도
나무줄기 사이에 싹 키우듯이
꿈을 키우는 이유가 된다

꼭 날아야 할
신화의 꿈을 꾸는 애벌레는
겨우 내내 번데기 상태로
갈라진 나무 틈이나
나뭇가지에 매달려 찬 겨울 나도
행복하다
봄이 오면 나비가 되어 날게 될 테니까

꿈이 있는 너는 좋겠다

그림자

한평생
남의 그림자만 쫓아다니다가
지쳐 앉던 어느 날

온종일 제 그림자만
우두커니 바라보고 서 있는
우리 집 마당 늙은 벚나무를 보았다

나도 저 나무같이
나만 보아야지
나 좋다 무조건 따라다니는 그림자
이젠, 너를 바라보며 사랑해야지
내 가족, 내 사랑만 보아야지

그립다는 것

눈물 나게 보고 싶은 것이다

너와 함께 걷던 길도
너와 함께 먹던 자장면도
너와 함께 지낸 추운 겨울도
너만 생각하면, 세상이 텅 빈 듯
다 그리운 것이다

코로나로 마스크를 쓰고 걸으면
마스크 없이 너와 함께
웃고, 커피 마시고, 걷던 시간 들
눈물 나게 그립다
그 시절 다시 올 수 있을까

별을 보아도
눈 속에 묻힌 낙엽 위 햇살에도
하얗게 웃고 있는 네가 있어
너와 스쳤던 모든 것들이
꽃이 되어 향기가 나고
바람에 흔들리며 내게로 온다

나무에게

가지가 삐뚤어지면 어떠하고
키 작고 볼품없으면 어떠하랴?
아름드리 소나무나 느티나무가 아니고
늘 벌벌 떠는 사시나무면 어떠하랴?

각자가 다 모양과 종이 다르고
색과 향이, 받은 달란트와
할 일이 다른 나무란다!

기죽지 마라
너희는 하나님 보기에 똑같은
숲을 이루는 귀중한 나무이다
서로 다른 너희가 어울려
서로 사랑하며 사니까
숲이 아름답고 향이 고운 것이다

모래 쥐

바람 찬 겨울
모래 쥐는 2㎏의 쌀이면 충분하다

늘 걱정과 근심이 많아
10㎏을 준비해야 하는 모래 쥐
잠잘 시간조차 없이 걱정되어
불면증에 시달린다

바쁘게 뛰어다니며 일에 파묻혀
자식 바라볼 시간도
사랑하는 사람과 커피 한 잔
따끈한 밥 한 그릇 먹을 여유조차 없이
아내에게는 눈길 한번 안 주고
일만 하는 당신은 모래 쥐

인생이란 여행길에 볼 것, 먹을 것
경험해 보고 싶은 것이 너무 많은데
당신은 없고 모래 쥐만 뛰어다닌다

올겨울은

당신을 찾아, 웃고 소리치며

선물하는 그런 겨울이면 얼마나 좋을까?

가끔은

가끔은
빨갛게 물든 단풍이 부러웠다
늘 푸른 잎 달고 있는 나는
노란 은행잎도 부러웠다
하지만 그들은 푸른 잎이 부럽다 한다

가끔은
날개 달고
찬바람 등 업혀 날아가는
낙엽이 부러웠다

바람 타고 내려온 낙엽들의 아우성
나뭇가지에 있는 나는
날아가는 네가 엄청 부럽다
너의 자유가 부럽다
하지만 낙엽은
내가 너무 부럽다 한다

삶이란

삶이 늘 햇빛 찬란한 하늘은 아니다
비 오고 바람 불고 하얀 눈 내리다
태풍 분다

삶이란 나무들이 울창한
숲에서 나무를 키우는 일이다

너의 눈물, 아픔, 소망도
내일을 위해 꼭 필요한 것
바람 거세게 불어온다고 탓하지 말라
따스한 햇볕이 어깨 위에 앉아
웃고 있지 않은가?

우리의 삶은 한 음 한 음
신이 작곡한 아름다운 교향곡

거센 음, 슬픈 음, 경쾌한 음, 불협화음이
다 함께 어우러져 멋진 하모니를 만드는
삶은 멋진 교향곡이다

제4부

나 다시 태어난다면

자고 나면 피어나는 꽃 보며

바람 부는 대로 이리저리

누웠다 일어나는 풀 같이

나는 세월 속에서

얼마나 넘어지고 일어나 걸었던가

나무

나무는 나무끼리
서로 간격 유지하며
가지와 가지가 손목 잡기도 하고
옆 나무 비켜 휘어지며 어깨동무하고
팔과 팔 서로 껴안으며
나무 아래 들꽃까지 끌어안고 산다
우리도 그렇게 살아 보자
바람 불면 같이 흔들리고 꽃 피면 웃고
비 오면 같이 비 맞으며 그렇게 살아보자

나무는 나무끼리
뻗으면 뻗은 대로, 휘어지면 휘어진 대로
서로의 목소리와 색, 모양을 존중하고 사랑하며
남 탓하지 않고 꿋꿋이 서서
자리 지킨다
바람 부나 눈 오나 잎 키우고 꽃 피우며,
새들에게 보금자리 내어 주고
사람들까지도 그늘 내놓으며
땅 밑 키 작은 잡초조차
사랑으로 껴안고 숲을 이룬다

자리

자리를 지키고
사는 건 어렵다

어머니는 어머니로, 아들은 아들로
산은 산대로, 바다는 바다대로
며느리는 며느리의 자리가 있어
자리에 뿌리 깊이 내리고, 말없이 산다

때로는 그 자리 떠나
날고 싶고, 달리고 싶으나
말없이 모두, 제자리 지킨다
자리를 지키고 사는 건
아름답기에

고향 집 감나무는
올가을에도 붉은 감을 달고
나를 반기겠구나!
홀로 집 지키며

세월

꽃길 달리다
추운 겨울 알몸으로 선 나무같이
눈바람 맞으며
새봄 맞이한 게 몇 번이던가

자고 나면 피어나는 꽃 보며
바람 부는 대로 이리저리
누웠다 일어나는 풀 같이
나는 세월 속에서
얼마나 넘어지고 일어나 걸었던가

장미꽃 속에 비벼대는 햇살
달빛 속에 창 두드리던 바람을
벗하며 지나온 세월 속에
낙엽 지고
꽃잎 떨어진 그 자리에
사람들의 숨결과 웃음이
하얀 눈 되어 내린다

아픔의 이유

무언가 생각하려 하니
아무 생각이 안 난다
건망증일까?
다 잊어버린 기억들
당신도 그랬으면 얼마나 좋을까?

잊으려 하면 더 그립고
생각나는 당신
까마득히 잊어버려 기억이 없으면
아프지도 않을 것을

내 마음은 늘 당신뿐이다

숨구멍

커피 주전자가 티잉! 티잉! 소리치며
하얀 연기 뿜어낸다.
주전자 뚜껑에 작은 구멍
하나 있지 않았다면
폭발했을지도 모른다

사람에게도 주전자 뚜껑 구멍 같은
숨통이 필요하다

코로나 마스크에, 태풍
숨이 턱턱 막히는 불볕더위 속에서도
잘난 사람들이 많아 시끄러운 날
모스 부호 같은
8ㅈey46 zzzz 신음소리 들리고
마음 뚜껑 열리기 직전

숨통 구멍 하나 있다면
참 시원할 것 같다

바닷물

같은 꿈을 꾸면
같은 곳에서 만난다
글이 꿈인 사람은 책에서 만나고
정치가 꿈인 사람은 국회에서 만난다

과정이야 다 다르겠지만
바다로 가는 게 꿈인 물은
다 바다에서 만난다

같은 꿈을 꾸는 자는 다
같은 곳에서 만난다
그가 산골짝 물이든 시냇물이든
시궁창 물이었든
바다에서 만난 물은
다 바닷물이 된다

단추

코트에 달린 단추는
내가 좋아하는 단추로 골라
달면 되지만

내가 좋아하는 사람은
내 마음에
명주실로 튼튼하게 매달아도
요술 방망이가 있는지
날개 달고 멀리 날아가서
늘 그립기만하다

붙잡으려면 잡히지 않는 당신
오늘은 꼭 붙잡아
실로 매달아도 될까요?

바람이었으면

내 안에 스멀스멀 기어 나와
꿈틀거리는
욕망, 미움, 집착들
어느 날 옷자락 하나 스치고
휙 지나는
바람같이 사라졌으면

잠시 스치는 소풍 길
따스한 눈빛으로 웃으며 사랑하다
미련 없이 떠나는
바람이었으면

빈손으로 태어나
왜 그리 움켜쥐고 힘들었던가
값없이 많이 받은 축복들, 탈탈 털어
감사하며 나누며 살다
목숨 다하는 날, 홀가분하게 나는
바람이었으면, 바람이었으면

내가 살아가는 힘

내 꽃밭에
꽃 피우는 이름다운 꽃들
푸른 잎에 앉아 웃는 눈부신 햇살
간간이 불어오는 솔바람

내 집 나무에 둥지 틀고 노래하는
까치, 참새, 휘파람새
보이면 너 때문에 못 살겠다, 소리치지만
안 보이면 어디 갔을까 찾고

계절이 오면 꿈을 꿀, 밭이 있어
땀 흘리며 씨 뿌리고
수확할 때 기다리는 내겐
그것들이 살아가는 힘이 된다

나와 함께 밥을 먹고 웃으며
등 두드리며 살아가는 가족들
때로는 속상하고 다투기도 하지만

누가 뭐라 하면 눈 흘기고

내 편 되어 씩씩거리며

내 일이라면 밤낮 가리지 않고

무릎 시리도록 기도하는 가족들

내가 살아가는 힘이 된다

가을엔

가을엔
논과 밭, 산마다
나누어 줄 것이 있다는 듯
주렁주렁 열매 달고 있다
이 가을에 나는
무엇을 나눌지

태양의 부드러운 빛 한껏 쪼인
사과와 배, 바람에 툭 떨어지고
나무마다 열매가 떨어진다
곧 낙엽이 지겠지

자연 스스로 거두어들이는 섭리
인간도 예외는 아닐진대
꼭 움켜쥐고 나누지 않는다
가을엔, 나도
나누며 살아야지

틈새 사랑

시멘트 바닥
금 간 틈 사이
맨드라미 싹 틔워
빨갛게 꽃 피었다

사람과 사람, 시간과 시간
계절과 계절 틈새로
피어나는 무엇이 있듯
너와 나 사이에도
예쁜 꽃 피우면 얼마나 좋을까?

갈바람 불면
홀씨들 바람길 따라 훨훨
내 사랑도 너에게 날아가
둥지를 틀고 싶다

작은 틈새 하나 내어 줄래

따끈한 국밥 한 그릇

햇살이 따스하고 눈이 부셨다
힘들고 어려운 날
손 꼭 잡고 국밥 한 그릇 사주며
"힘내" 툭 치고 웃는 네 모습도
그러하였다

"힘이 될 것 같아"
건네주는 책 한 권 고마운데,
왜 난, 너를 보면 자꾸만
눈물이 나는 걸까?
눈이 부셔 움츠러드는 걸까?

햇볕이 참 따스했다.
"힘들지" 하고 손잡던 너
친구야 잊지 않을게
오늘 먹은 따끈한 국밥 한 그릇

봄비 내리는 날

봄비 솔 솔, 뿌리는 날
저벅저벅 마당 밟고 걸어오는 소리
아 그대인가!

창문 열고 보다
밖으로 뛰어나가 보아도
보이지 않는 그대
보고 싶은 날이다

밤새 빗소리는 들리는데
소식이라도 줄 것이지
한 줄 한 줄 눈물로 쓴 꽃 편지
길마다 깔아 놓는다

해마다 보이지 않게
꽃눈 트이며 올라오는 목련처럼
햇살 눈부신 날, 하얀 웃음 톡톡 터트리며
그대 내게로 왔으면, 왔으면

감사의 고백

늘 달라고 만하는 나에게
듣기 싫다 않고
내가 원하는 것보다 더 중요한
많은 걸 주시는 당신, 감사합니다

세상일에 바빠
까마득히 당신 잊고 살다가
주일날 빠끔히 교회 문 열고
안녕하세요? 하나님! 하는 저를
은혜 주시니 감사합니다

살다, 길 막히면
당신 위해 무엇도 하고, 무엇을 했는데
왜 그러냐고 따지는 철없는 나를
말없이 길 내어, 가벼운 발걸음을 걷게 하는
당신 정말 감사합니다

오늘 하루도 이렇게 눈을 뜨고
건강한 몸으로 성전에 나와
예배드리는 것이 얼마나 큰 축복인지
주님 정말 감사합니다

이별

단풍잎 빨갛게 물들고
하늘은 파랗게 높은데
겨울이란다, 이별해야 한다네
찬바람 불고 눈이 온다
한참이나 거리를 걸었다

조금만 더 네가
내 곁에 머물러준다면
얼마나 좋을까?
네 아름다운 모습 그리네!

나뭇잎 모두 다 시들고
하늘도 잿빛으로 흐리면
나는 말 없이 너를 보내련만

곱게 물든 숲을 바라보며
조금만 더, 조금만
너와 함께 있게 해달라고
신께 기도하네!
이 추운 날

향기 나는 말

기분 좋은 말을 하는 이는
보기만 해도 기분 좋아진다
아름다운 말을 하는 사람은
스치기만 해도 꽃향기 나서
함께 있고 싶어진다

짜증나는 말을 하는 이는
보기만 해도 짜증이 나고
욕하는 사람은 소리만 들어도
무서워 도망가고 싶어진다

말이 곧 사람이다
쓰면 쓸수록 고운 우리 말
기분 좋고 향기 나는 말을 하자

커피

모닝커피 한 잔이
나를 행복하게 한다
마셔도 마셔도
향긋한 냄새가 풍겨
또 마시고 싶다

보고 또 보아도
보고 싶은 당신처럼

당신 매력에 푹 빠져
늘 당신 향기가 그리운
나는 당신의 포로입니다

나 다시 태어난다면

강가에 작은 우체통이 되리라

보고 또 보아도 그리워
깨알 같은 글씨로
사랑을 노래하며 편지 쓰는
연인의 고운 마음을 닮은
빨간 우체통이 되리라

서로가 사랑하다 헤어지는
슬픈 이별의 편지보다는
처음 수줍게 사랑을 시작하는
연분홍 진달래 같은
행복의 우체통이 되리라

한 장에는 빨간 장밋빛 사랑으로 물들어
깊은 사랑의 마음 고백하고
또 한 장에는 들꽃 향기 은은한
솔바람에 취해 편안히 잠이 드는
달콤한 우체통이 되리라

세상 끝까지 사랑할 사람
기도하고 또 기도하며
물망초 가득히 꿈꾸는 강가에서
눈물처럼 녹아드는 그리움을 시로 쓰는
빨간 우체통이 되리라

나 다시 태어난다면
달빛 가득 찬바람 불어오는 숲에서
천년은 마르지 않을 사랑의 강물 위에
종이배 하나 띄워 사랑 고백하고
별빛 속에 하얀 미소로 잠이 드는
강가에 작은 우체통이 되리라

커피 같은 사람이면 좋겠다

나는 당신에게
커피처럼 따스한 사람이면 좋겠다
한 모금 마시면 따사로이 목덜미까지
뜨겁게 당신의 체온이 느껴지는
따스한 사람이면 좋겠다

나는 당신에게
커피처럼 향긋한 사람이면 좋겠다
마시고 또 마셔도 자꾸만 떠올라
달려가 입맞춤하면
온몸에 봄바람이 불고 꽃이 피는
향긋한 사람이면 좋겠다

나는 당신에게
커피처럼 부드럽고 달콤한 사람이면 좋겠다
온종일 일에 쫓겨 지쳐있는 날도
한 모금 마시면 피로가 풀리고 행복해지는
커피처럼 부드럽고
달콤한 사람이면 좋겠다

당신이 그러하듯

나도 당신에게 늘

커피 같은 사람이면 좋겠다

커피 한 잔

당신과 나
뜨거운 커피 한 잔을 들고
좋은 인연 만듭시다
처음도 좋지만
끝이 아름다운 인연이길

까만 밤
창밖엔 하얀 눈 내리고
눈마다 별이 박혀 반짝여서
하얀 편지를 보냅니다

당신과 나
눈 내리는 창가에서
뜨거운 커피 한 잔을 들고
좋은 인연을 만듭시다

고운 정 미운 정 차곡차곡

눈처럼 소복소복 쌓으며

겨울 사랑 속삭여

온 세상 가득 사랑의 꽃 피웁시다

뜨거운 커피

커피는 뜨거워야
제 맛이다

더운 여름
얼음 커피 마시다가
뜨거운 커피를 마신다
향긋한 커피 향이 코끝에 스며든다
뜨겁게 한 모금 마시니
온종일 피곤함이 사라진다

커피는 뜨거워야 제 맛이듯
사랑도 뜨거워야 좋다

사랑하는 당신
뜨거운 여름에도
뜨겁게 사랑합시다

해설

자연에서 획득한
순수서정과
존재론적 깊이

손희락

시인·문학평론가

자연에서 획득한 순수서정과 존재론적 깊이

–손희락(시인·문학평론가)

1. 서론

내 기억 속에 우인순은 하나의 결로 세상을 살아온 순수의식의 소유자이다. 세상 물정에 약간 어둡고, 대인관계를 어려워했지만, 깊은 신앙심으로 시를 쓴다. 초기 시편들은 세상에 대한 고통, 근심, 갈등 등을 믿음으로 극복한 종교적 메시지였다. 시적 형상화, 시적 감정이 순수하여 독자의 마음을 사로잡았다. 귀촌 이후의 작품은 시의 주제, 본문 내용, 메시지 안착에서 변화가 생겼다. 대자연 속, 생성과 소멸을 목도하면서 카타르시스(catharsis)를 체험한 것 같다. 내적 정화를 통해 불순물을 배설할수록 마음은 청결해지고, 통찰력은 깊어진다. 자아 인생관, 가치관이 정립되면, 사물이 발하는 징후를 포착한 특이한 시를 쓸 수 있다. 시인의 감성이 예민해지면, 꽃과 나무는, 더 이상 침묵하지 않고, 곁으로 다가온다. 상호교감이 가능한 생명체로 변신하기 때문이다.

떼로 몰려다니며
끼룩끼룩 끼룩
겨울 새 소리 시끄럽다
눈이 오려나!

새도
말하고 싶은 게 있어
큰소리로 외치는 것 같아
묻고 싶으나
나는 새를 부를 언어가 없다

그도 나처럼 소통이 안 돼 그러는구나!
안타까운 마음

—「소통」 전문

이 시는 "끼룩끼룩"거리는 겨울새들에게서 불통했던 자

기 모습을 본다. 2연에서 '나는 새를 부를 언어가 없다.' 3연에서 '그도 나처럼 소통이 안 돼 그러는구나.' 심적 안타까움을 드러낸 것처럼 세상과의 소통은 늘 난제였다. 세상 탐욕과 쾌락에 대하여 빗장 지른 탓에 자의식의 오염은 방지할 수 있었다. 겨울새가 끼룩끼룩 우는 현상을 바라보면서 시적 상상력은 확장된다. "소통하고픈 대상을 너도 찾고 있구나." 단정한다. 과거 자신의 모습을 사물(새)에 이입된 결론이다.

인생 황혼에 좋은 시를 짓게 된 것은 순수 감성이 응축되었다가 폭발한 때문이다. 시인은 겨울새와 자신을 연결시킨 후, 시의 독자를 끌어들인다. 시의 독자는 이미지 안으로 들어가면서, 슬픔이나 환희 혹은 시적 감탄을 느끼게 된다. 자아가 체험한 정서적 느낌의 공유, 현상을 재현한 생생한 표현, 가슴에 와 닿는 시어의 취택, 그것이 시의 맛을 결정짓는다. 맛깔스런 그 맛에 취하면 좋은 시를 찾아 헤매는 방랑자가 되기도 한다. 귀촌 이후, 다양한 사물과 현상을 바라보는 시적 시각이 예사롭지 않다.

2. 자연친화적 삶과 생명의 희열

철학자 비트겐슈타인은 "인간의 눈은 사물의 심오한 가치를 부여하는 능력이 있다." 말했다. 광활한 들판에 선

화자의 눈동자엔 신비한 사물들로 넘쳐났다. 자연의 순환 구조 속에 순응하며 탐색하기만 하면, 한 편 시가 조형되었다. 자아 존재에 대한 재탐색도 동시에 이루어졌음을 유추하게 된다.

우리가 이런 모습으로 만난 것도
어떠한 인연인지 모른다

이리 햇살 고운 봄 들판
너와 내가 잡초로 만나
눈여겨 보아주는 이 없고
사람들이 짓밟고 지나쳐도
불평하지 않고 일어서서
열심히 사는 너는 참 멋지구나!

마음껏 꽃피우고
마음껏 들판 누비며 사는 게
얼마나 감사한 일인가?
꽃바람 불면
연둣빛 물결 출렁거리며
황금 햇볕 속에 걸린 풀 사이로
고운 꽃 활짝 피우며 웃는

노랑민들레 개망초, 쇠뜨기, 애기똥풀,
며느리배꼽 이름 모를 꽃들아

기죽지마라
너희들이 들판의 주인이다

—「봄 들판에서」 전문

5연 19행으로 짜인 이 시는 시골 아낙의 삶이 운명이며 축복이었음을 표출시킨다. 들판에서 자생하는 꽃과 풀들의 생존 비밀을 추적하며, 생명적 존엄을 예찬한다는 것은, 시인으로서 큰 소득이 아닐 수 없다. 화자는 '넓은 들판'을 인간세상으로 인식한다. 이름 모를 꽃들, 상호공존의 의미를 부각시킨 이 시의 결론은 멋있게 울려 퍼진다. '기죽지 마라 / 너희들이 들판의 주인이다' 이 멋진 메시지는 국지적 외침만은 아닐 것이다. 이 시를 읽는 모든 인간들에게 기쁨을 안겨주는 깨우침의 목소리이다. 시인과 독자, 모두가 행복해지는 외침이 있다면 진정한 상생의 언어이다. 우인순의 시적 목소리, 시적 포즈는 귀촌 이후 비로소 안정된 것 같다. 그의 발자국이 닿는 곳엔, 시들어가는 꽃들도 소생함을 얻어, 행복과 희열을 실어 나르는 매개체가 된다.

나 하나 꽃 핀다고
황량한 들판, 꽃 들판 될까?
나 하나 웃는다고
세상이 다 아름답게 웃을까?

말도 안 되는 소리

아니야 아니야!
노랑민들레, 엉겅퀴, 데이지
애기똥풀, 개망초
흐드러지게 핀 들판

너도 피고 나도 피어
같이 곱게 핀 꽃 피어야!
꽃동산 되지

—「들꽃」 전문

화자의 시적 목소리 그 지향점은 '꽃동산' 형성에 있는 것 같다. 그의 꽃동산은 ①연약한 것과 강한 것 ②화려한 것과 초라한 것이 공존하는 인간세상을 상징한다. 넓은 들판에 '엉겅퀴'가 있어 '노랑민들레'가 돋보이고, '애기똥풀' 탓에 '개망초'가 화려해지는 공존 현상은 얼마나 아름다운가. 4연 1행 '너도 피고, 나도 피어.'라는 시적 표현은 대철학자 칸트의 공존 사상과 맞닿는다. 시인은 들꽃을 꽃으로 인식하지 않고, 인간으로 의인화하여 시적 메시지를 안착한다. 이 시에서 개체의 가치와 조화로운 공존을 부각시킨 시 의식은 돋보인다. 관찰 형식으로 표현했지만, 모든 생명체는 존귀하다. 서로가 서로를 생육시키는 특별한 존재임을 일깨우며 시적 효용성을 확보한다. 한 줄로 짜인 2연 '말도 안 되는 소리'에 주목해야 할 것 같다. 혼자 웃고, 혼자 행복한 것은 꽃동산이 아니라는 의미이다. 화자의 의식에서 자아 교만이나 이기주의는 용납되지 않는다. 인간의 삶이란 무엇이며, 왜 공존해야 하는가를 이 시는 깨우친다. 앙증맞은 꽃들을 응시하여 내재된 본질을 포착해 낸 것은 사물과 시인이 소통되었음을 증명한다. 숲속에서 시인과 꽃들은 서로 안부를 교환한다. 너도 피고, 나도 피는 행복한 안부 교환은 이기주의에 빠진 인간을 정화시킨다.

3. 꽃을 향한 고백(교감)의 시학

과거 우인순은 침묵의 시인이다. 문학회 정기 모임 때도

수줍은 미소만 있을 뿐, 화려한 수다는 거의 없었다. 자아 내면을 개방하여 소통할 수 있는 대상은 극히 제한되었다. 그런 시인이 숲에서 수다를 떤다.

이번에 상재하는 시편들에 대한 자기 해설적 노출이다. 귀촌 이후 시인의 감성은 예민해졌고, 사물들을 마주할 때 가슴 열어 대화한다. 미생물도, 생물도 입을 열어 무엇인가를 전하고, 그들에게 응답하는 수수작용이 형성되었음을 유추하게 된다. 대자연 속에서 시인만이 누리는 특권이다. 화자의 시는 인간과 사물들을 매개하는 주술적 언어여서 누군가의 고백에 동참하듯 편안하게 읽히는 특징이 있다.

뜨거운 햇빛
까맣게 탄 얼굴로 들길 걸으면
들꽃, 풀, 강물, 새들까지
이름을 아는 촌 아줌마

노을이 지면 나도 들꽃이 되어
바람에 흔들리며 웃는다

—「촌 아줌마」 부분

우인순의 대화 상대는 자연친화적, 순수의 사물들이다. 들풀, 꽃, 강물, 새들의 이름을 부르며, 활보하는 화장기 없는 눈동자가 얼비친다. 나는 '바람에 흔들리며 웃는다.' 이 시의 결론처럼 때론 '들꽃'으로 변신하기도 한다. 이번 시집은 '꽃'에 대한 작품들이 많다. 한정된 지면 탓에 일별하진 못하지만, 「강아지 풀꽃」「메리골드」「고마리꽃」「참취나물꽃」「개여뀌꽃」「민들레」「나도고구마꽃」 등은 사유의 폭을 확대시킨다. 온종일 꽃들의 이름을 부르며, 안부를 물으며, 숲을 헤매는 시인의 목소리는 고요하지만, 그 울림은 독자의 마음을 파고들어, 의식전환의 기회를 제공한다. '노을이 지면 나도 들꽃이 된다.'라는 진술은 사물의 자기화로 시를 읽는 독자에게 행복의 감정을 전이시킨다. 시의 이미지 안으로 들어오면, 현 거주지를 초월하여 '촌 아줌마'로 변신할 수 있기 때문이다. 자연과 인간의 상호 교감은 중요하다. 인간의 삶에서 한 번쯤은 '들꽃'이 되어 흔들릴 수 있다면 얼마나 좋겠는가? 햇빛 검게 그을린 '촌 아줌마'의 삶을 시의 제목으로 뽑아 올린 이유를 독자는 짐작할 것이다. 언어와 언어 사이 그 무엇인가를 심어 공유하려는 것이 우인순의 시적 전략이다.